Vertigens

Wilson Alves-Bezerra

Vertigens

Poesia
ILUMINURAS

Copyright © 2015
Wilson Alves-Bezerra

Copyright © desta edição
Editora Iluminuras Ltda.

Capa
Eder Cardoso / Iluminuras
sobre fotomontagem de Grete Stern, Sonho n. 42:
Sem título, 28,5 x 19,3 cm / *Idílio* n. 29, 7/6/1949
Cortesia: Galeria Jorge Mara – La Ruche. Buenos Aires

Revisão
Iluminuras

CIP-BRASIL. CATALOGAÇÃO-NA-FONTE
SINDICATO NACIONAL DOS EDITORES DE LIVROS, RJ

A48v

    Alves-Bezerra, Wilson
        Vertigens / Wilson Alves-Bezerra. - 1. ed. - São Paulo : Iluminuras, 2015.
    72 p. : il. ; 23 cm.

    ISBN 978-85-7321-468-0

    1. Poesia brasileira. I. Título.

15-21921   CDD: 869.91
                             CDU: 821.134.3(81)-1

2020
EDITORA ILUMINURAS LTDA.
Rua Inácio Pereira da Rocha, 389
05432-011 - São Paulo - SP - Brasil
Tel./Fax: 55 11 3031-6161
iluminuras@iluminuras.com.br
www.iluminuras.com.br

Índice

Prefácio, 7
Claudio Willer

Vertigens

I., 13
II., 15
III., 17
IV., 19
V., 21
VI., 23
VII., 25
VIII., 27
IX., 29
X., 31
XI., 33
XII., 35
XIII., 37
XIV., 39
XV., 41
XVI., 43
XVII., 45
XVIII., 47
XIX., 49
XX., 51

XXI., 53
XXII., 55
XXIII., 57
XXIV., 59
XXV., 61
XXVI., 63
XXVII., 65
XXVIII., 67
XXIX., 69

Sobre o autor, 71

Prefácio

Claudio Willer

Mallarmé inicia um poema conhecidíssimo, "Brisa marinha" dizendo: "A carne é triste, sim, e eu li todos os livros". O poeta contemporâneo português Herberto Helder como que responde, ao terminar um de seus poemas, da série "Elegia múltipla", deste modo: "Por detrás da noite de pendidas / rosas, a carne é triste e perfeita / como um livro."

O simbolista declarou a separação irremediável entre livros e carne, palavra e corpo, a esfera simbólica e aquela das coisas. Helder quer a superação das dicotomias: vê corpos como escrita e símbolos como tendo materialidade e corporeidade. Aspiração partilhada por Wilson Alves-Bezerra: "Sobretudo seus seios entre o livro. Não fosse a tatuagem, a língua não se excitaria."

O resultado é uma escrita do outro lado, radicalmente do avesso, antagônica com relação à linguagem instrumental. Por isso, análoga ao delírio: "A varanda com vista à loucura é onde agora fico, contemplando a miséria de uma língua só travas que não pode mais tecer utopias ou gritos."

Libertar a língua de suas travas requer outro vocabulário, como em "Malangue Malanga". E, em primeira instância, destruir nexos convencionais, atacar a relação de significação: "no escuro, linguagem". É preciso contrariar ditames da lógica: "Grita palavra desconexa". Por isso, "Torro a chama do pavio com o dedo" (em vez da chama torrar o dedo) ou "bebe do vinho sem gargalo" (em vez de beber vinho pelo gargalo). Substitui a causalidade por relações mágicas que se manifestam em um mundo animado: "Há uma nevasca que morreu na turbina; uma folha que se acidentou na calçada; um fígado de pato que se perdeu por cirrose, e uma lareira morta de febre tifoide". Assim vai rompendo com premissas da mimese, ao inverter a relação entre coisa e atributo: "Agora ventam cabelos, folhas e jornais amassados".

A permutação rege o funcionamento desta máquina lírica, produzindo um hipertexto, labirinto de referências literárias: "No rastro dos campos de carvalho vai indo de beiço à beira, a madalena bocuda, toda lábios chegando, sabe-o viscoso e tenso". É um convite à recriação, à descoberta de novos sentidos nesses fragmentos e em seu intertexto.

Não obstante, proclama que sua prosa poética é direta, referencial: "Nenhuma metáfora" — não, pois as coisas tomaram o lugar dos símbolos nessa vocalização transgressiva, na qual se alternam imagens sintéticas, luminosas, como "Sob o céu azul-calcinha", e blasfêmias de toda ordem, inversões da relação entre o alto e o baixo, alusões à selvageria desenfreada: "Postulam incontáveis coisas, mas por hoje, meu doce, Chico Picadinho basta."

Georges Bataille já havia comentado, em *A literatura e o mal*, a busca da "impossível unidade" movida pelo "desejo insensato de unir objetivamente o ser e a existência" através "da fusão do sujeito e do objeto, do homem e do mundo". O comentário foi suscitado por esta passagem de Baudelaire sobre a "arte pura", em *A Arte filosófica*: "O que é a arte pura segundo a concepção moderna? É criar a magia sugestiva que contenha ao mesmo tempo o objeto e o sujeito, o mundo exterior ao artista e o próprio artista."

Evidentemente, a interpretação de Bataille não se aplica apenas a Baudelaire: vale para românticos, para Rimbaud, e para simbolistas e contemporâneos. Entre eles, de modo extremamente pessoal e inventivo, ao autor desta série tão apropriadamente intitulada *Vertigens*.

Vertigens

I.

O oxímoro dos seus seios vejo da fresta do meu olho esquerdo, enquanto passa a página. Em qualquer capítulo tateei para lhe saber as carnes. Mas antes havia bulas, ditados das professorinhas de redação, silêncio dos beats preguiçosos, e um acróstico para suas joanetes. O vento lança guardanapos. Gina mastiga, e eu lhe sabia mais saborosa que feijoada em lata. Da letargia de Gina segui adiante, a textura da encadernação de cobra, seus movimentos, o tilintar do brinco na minha língua, o fumegar da cama, o trepidar do fósforo, e o que me faz transpirar na testa ante o espelho que não vejo, capítulo três ou capítulo quatro, a pior imagem, prosseguia Gina, enquanto corrigia a vírgula e me acentuava, quem foi que guardou a sua perna que se abria, agora eu abro a página, não tem figuras este livro tátil. Chega um cidadão assim de curvado, pesa muito a sua moleira com galinhas parnasianas da granja. Me oferece um poema, criado com amor. Gina arrota, seu lábio toca o dedo que toca o garfo que toca — nisso eu me viro e vejo. A língua em que foi escrito eu molho com uma saliva bêbada. Devora um pouco da minha memória. O poeta necessário tem um latifúndio produtor de imagens. Torro a chama do pavio com o dedo, só por precaução. E eu sempre soube, mas você me

retrucava notas contemporizando. No escuro,
linguagem. Sobretudo seus seios entre o livro. Não
fosse a tatuagem a língua não se excitaria. Peço
outra cerveja.

II.

Todo oceano tem três lados: dentro, lá dentro e
naufrágio. Sou Molly, não sou fraca, não disse, mas
seus dentes se cravaram em meu lábio, meu sangue
em suas gengivas. Era bom e bebia. As putas só
destras no segundo olhar, mas num primeiro, antes
do flash, enrugavam a pupila, diziam: *Eu pagaria pelo
primeiro chope, para não passar o dia*, mas a puta é quem
sabe. A espuma dos oceanos foi mijada por Vênus.
O jovem selvagem à mesa diz que a mulher do
barbeiro preparava o jantar e a chupeta, mas não
para o filho. A bela bebia no meu seco mamilo,
cheirava fuligem, chupava poemas. Porque a puta é
quem sabe. Ele quer comer a mãe dos convivas, a
que prepara poemas mas não para os filhos. A que
bebe a seco e sorrindo. Porque a muda é que late.
Leia poemas, pequena suja, que não há poesia e
comer chocolates é sacrifício. Fulana me bebe e me
morde, e molha meu dedo com sangue. Mas edite
poemas, o pederasta dizia, lambendo os beiços,
pequena suja, sorria. Não se pode ser selvagem com
quem edita. Desemboca. Em São José do Rio Livro
lhe espera o editor não atende. Ele fuma cigarros
plantando tabaco, a fumaça é cortesia. Escolha a
dedo e não erre, sorri o editor de dentro da resma.
Sangue respinga na fumaça, porque só a puta é
quem sabe quanto custa uma analogia.

III.

Se não escrever uma puta sílaba, ninguém mais saberá a hora. E no dia seguinte, gorjeariam os corvos cabeça adentro, catalogaria tomates e alfaces no cocho do meu self-service, e viveria feliz com uma mansa loquacidade só mãos. Na masmorra silenciosa da folha, via a bela, lábios em torno à boca entreaberta, olhares e tetas, já não faço ideia. Recomeço. Nenhuma metáfora. Toda boca ela e riso onde paro, escrevo poemas e perco sentidos. Agora passam as palavras, onde agarro só cheiros, vento, fumaça. Agora ventam cabelos, folhas, e jornais amassados. Agora vejo seus dedos que se aproximam mas passam. Como era incolor, inodora e insípida a água que não bebi. Verta-se de novo antes do fim da garrafa. Verta-se que sorvo o oco da fala, para engolir seu grito. A boca, a boca, a boca cercando seu riso, quem ousaria falar de linguagem. Entre pela língua que passa, dizia um demônio, entre seus seios pousado. Mas a linguagem se interpunha à língua, e a míngua dos tomates se sobrepõe ao lábio. Ainda fico à espreita de lhe comer ensopada, de devorar cada sílaba de sua língua passante. Postularam incontáveis coisas, mas por hoje, meu doce, Chico Picadinho basta.

IV.

Sábio Deus, que criou pinga, moringa e as rimas fáceis. A embriaguez e o esquecimento. Não me constranja de novo e me faça esquecer que Constância não me quer perto de si. Deus chifrudo das valas e dos buracos, caso a louca sucumba ao Juqueri dos meus braços, prometo, eu sei que ela tem fome. Um deus eunuco ronda as tocas, mas tatu preguiçoso quer chegar ao inferno é pelos atalhos. Quero esquecer Constância, e quando a louca se deita esparrama pelo céu seus pedágios... Fausto Deus, quantas vezes minha alma já lhe vendi por nada, e é sempre um falso que vem me cobrar a paga. Escrevo o nome da bela no muro do jardim só cruzes; ela me olha da cova do silêncio, e bebe do vinho sem gargalo. Sábio Deus do sussurro, eu me enredaria outra vez; se não há ecos nas covas, a semente do grito está na boca das horas. A cada noite entre luas, ela me puxa pelo pé e as coxas; para dizer no outro dia, o que só se fala quando é cheia a garrafa. Constância quer de novo outra reza, votos de silêncio no corpo cheiros de ervas; e eu me enterro cabeça abaixo. O Deus Estatal normatizando os poemas; caiando os muros e os quadris que devassam. E se aproxima de mim, bem o vejo, que criou pinga, moringa, mas também ressaca.

V.

Meu relincho fora de hora diz que o hábito e a espora nem sempre formam. Com meu ronco perco o sono enquanto a musa cariada sonha o que esquecerá. Seus dentes de Van Gogh reluzem na penumbra, e palavras frouxas saltam corredor afora. O fauno do boteco se reapresenta na esquina, psicopata com arroubos de amante. Quer invadir a casa com seus cascos de boi e feridas de lepra. A musa pressente e se contorce no espeto dos frangos. É o domingo de sol dos que sonham. O que se esconde onde a luz não faz sombra quer perfurar lábios entre escombros de pedras. Derruba as portas mas tropeça ao tapete. Ela se bronzeia no sol da terça feira gorda. Aponta seu revólver, mas. Ocasião de ocasião. Lambuzar-se nas geleias azedas, amarrar o potro na cama, e a cariada encurralada entre faunos na banheira. O cachorro era uivo e mordida. O marido mordaça e fraqueza. Gotas vermelhas na estopa, porque os ferros não falham. A manada de fatos: casa não vazia, tucunaré na areia, cerveja entre os cristais e o penhoir de madame. Tudo se sucede entre cordas. O que vai herdar as sementes de um grito em seu eco primordial por sua vez borbulha entre o sêmen. Uma gaze embebida em sangue.

VI.

A boca se achega à teta morna de carne, de leite. A boca banguela no seio da velha senhora. A boca viúva no frasco do geladinho. Os olhos se apavoram porque se não viram, não sei. Aquele que geme e mama tinha algo de símio, algo do pai. A gaze gosmenta de sangue. Aquele que não geme. Diz o doutor, ainda para a semana ela se refresca no tanque para convalescença. Feto meada de vísceras. Melhor não nascer. Operações são higiênicas. O que amou com volúpia vai matar com poemas, pergunta, pergunta entre dentes. A mesma mãe que lhe deu um nome atou-se ao chuveiro. O natimorto e a mortaviva na fila da formatura. E ainda me olha com seus olhos e dentes, a filha da enforcada, mãe do natimorto, quer ser senhora de minhas palavras. Pedala pela terra, braços dados pelos trilhos, angélicos fios doutra meada. Sua navalha ainda dorme sob o travesseiro. Do outro lado do alhures, alguma folha ressente esta fala. Melhor é a talhada sem donos. A cova rasa da memória abriga seus olhos à mira. Buscar no mundo os pedaços da ficção que nos unia e dar nos porões deste nada. Se ninguém foi nascido, se o resíduo é escasso... é dedo no olho torto da raça, repouso na cama só facas onde mora meu grito: Nascença.

VII.

O escritor de rascunhos e manuscritos sabe: mais importa rabisco que tipografia. Sempre tive certezas, nunca borrachas, diz ao saltar. Pensar antes de gravar miséria na pauta. Não era minuciosa a moça, apenas dizia que não sabia que fim pôr aos contos. A pena treme e borra o fólio. A brocha na tela sem tintas faz escapar ao largo o olhar do que ela tem entre dedos. O sonho se esgarça na ranhura da fronha; o quarto estrangeiro nem permite o caminho do vaso. É difícil acabar. Entre dois passos, contratempo. O escritor de rascunhos vacila e se atormenta na ida. E se derrama na pia, tomba para a cautela acadêmica vir lhe decifrar os rabiscos. Entre as pernas abertas da rua, a marca deixada para o deleite de muitos. Quatrocentos anos em torno à porra incognoscível a horda de peritos. Da culatra do escritor de rascunhos uns tiros a esmo sabem se perder para alcançar o estrelato cruel, ser pelos olhos alheios: fartura e esquecimento. Grita palavra desconexa. O escritor de rascunhos se embrenha na fronha do sonho editado, desperta exaltado e mais uma vez e, como morrerá, embriagado rabisca.

VIII.

Com tanto degrau escadaria abaixo, é preferível dormir para esperar os pesadelos. As armas caseiras do presídio em chamas atravessando a garganta do carcereiro, até o despertador soar. Ou o metrônomo na orelha até me acudir o DEOPS. Tem laranjas doces sob o nosso silêncio, pão quentinho na chapa, o corpo do corpo à beira. E o silêncio onde as vozes valem o que um grito escutado cabeça adentro. O silêncio gritado espalha resíduos. O pão nas manhãs mastigado, sol e sombras; se achegava a mão ao seio; e Deus, bom proveito, capou Adão entre dentes. Sozinho o momo dos domingos respingou sorrisos ao gozar o sacristão. O vigoroso vigário transpira entre defumador e enxofre. Devolvam-lhe os pesadelos, gritam as beatas. Mas ele alheio chupa guloso as mangas como com as hóstias faz.

IX. Malangue Malanga

Il est très lelé de la cuca, et en le parcours de la cucaracha de la tête a la baguete, il vois tout les chacrettes dans la rue, solitaire comme la luna, sous le ciel de chocolat. Everyday le puto ciel de chocolatt, latt y me morde pas. Le ciel me pincha la piel, il est maladroit en mi picnic en Cognac. Pas de sense, je mange de la baguete de Madame, parce que Monsieur — si vous plâit — il ne là pas, il est a Penha avec Mademoiselle Costinha. Et elle le dit: rouge ma pielle, ma peau, le bateau dans ma mere, coliflor c'est la fleur de mes haricots, mon amour, c'est pas tout, je sui vraiment perdue et comme d'habitude, ne me quittes pas, rapá. Es que je voudrais voulais et au revoir le coq et les gallinas seront tout un ouef de picapô. Très lelé, j'ai dit, et acredite o non, le garçon avec le chicabon et la vach de chocolachê lassent passer, elle comme le ciel et il mange la luna. Il voire, avec la tête en la fenetre, et jamais de la vie sabrá qui c'est pas necessáire, parce que c'est vraiment belle, dans les oreilles de l'inconnu, écouter la langue, manger orange, pas que l'orango cante et tangue. Bailez, mon frére, l'amour, nous savons, c'est perdue.

X.

Um pombo passa congelado voando, exilado de todos os países. A temperança universal escorrega na camada fina de gelo que decora as alamedas. As árvores secas decoradas com gelo fazem as árvores falsas, decoradas com gesso, se vergarem com o frio e parecerem miseravelmente natalinas. Um africano que é um curandeiro enlouquecido atravessa gritando pontualmente às cinco a rua dos enforcados, e avisa aos ventos que o silêncio foi preservado. A despeito das temperaturas, o jornal informa, e não são fáceis as notícias. Há uma nevasca que morreu na turbina; uma folha que se acidentou na calçada; um fígado de pato que se perdeu por cirrose, e uma lareira morta de febre tifoide. Assim, vão interditar o curso dos rios para averiguações, enquanto as passarelas ficam terminantemente proibidas de desfilar e as passagens devem apenas circular até as cinco da tarde, quando a luz do sol será interrompida. Sem mais, a polícia informa que as sirenes serão ensurdecedoras, mas o frio será mantido. E que apenas em casos de pescoço se recorrerá à guilhotina.

XI.

Incenso milenar aos porcos. Uma ode no salão aromático onde cavalgam penduradas coxas. Uma exposição só pernas, e uma ode aos que tombaram, as bocas recebem lascas, pastas, e dentes de alho. O bêbado Zairão canta coplas a la concha de su madre enquanto a lechera ordenha canecos espumantes e caminha entre olhares ejaculados. Com os olhos de êxtase, as luzes se apagam para recorrer ao tato. Com a delicadeza dos cisnes, Velázquez saboreia um presunto serrano e vê Saturno num canto, com uma peça farta, quase familiar, que ele descarta. O bruto que come, mesa ao lado, orelhas e rabo que se retorcem no prato, ainda sob protesto, parece interessar-lhe mais. Mas as gotas que fogem das coxas suspensas o distraem da cena. Velásquez querendo mamar.

XII.

Duas vozes que falam e uma terceira comenta; este é o que desdobra a linguagem, faz a cadeia romper-se incessante, como os restos que a fala deposita no chão. Tirasse fotos da voz elas seriam contínuas, como partir rumo ao nada. Aquele que fala em minha cabeça nos contradiz, no desespero que me desata. As obviedades ditas de fora, vistas de dentro pareceram geniais; mas não houve forma de o corpo aguentar a patada do espelho que desfaz as imagens. Sem cessar era o corte, o que levava à escuridão e ao zero, para de novo partir do mesmo lugar. Duas semanas durarão os momentos breves, e estará condenado à circunstância do corpo em que mal pode habitar. Até mesmo a morte é mais sadia que a trama das vozes. O comentador espreitará pelos séculos e a carcaça não se moverá. A varanda com vista à loucura é onde agora fico, contemplando a miséria de uma língua só travas que não pode mais tecer utopias ou gritos.

XIII.

A língua do Líbano avança no Mediterrâneo,
como se avista do céu. Os negros vão colorindo os
franceses e seus pães. O sangue ainda não chega
dos mares, mas bate-se a gente no metrô. Meus
pés não sabem das águas, nem onde vai parar a
Ilha da Madeira, alheia, buscando ares frugais. O
engano do sono não cabe à branca tez de mulato
descascado; a consciência do corpo que sempre cai
em camadas não permite unidade. Agita-se a gente
nas terras, disposta a deitar sangue na erva. Mas a
morte não é consciente, só a agonia e delírio é que
o podem ser, porque tudo se dependura no corpo.
Estanque na terra uma fonte iluminada de suor e
de pus, sabe dos olhos entre toda nuvem. Dizem
que não há o frio, que a loucura se cura e que não
há o medo na morte. E dizem: consolo. Quem
aqueceu o cadáver, quem fez a boca do louco
fechar-se, quem aquiesceu é coisa que não se diz.
É quando as línguas avançam e um rastro se perde
impreciso no que o olho só vê.

XIV.

O cheiro de hotel barato que emana da cabeça. O gosto de travesseiro mofado quase na garganta. Cada ponto de pó, em fila, no trilho de um facho pela fresta, para cima ou para baixo. A casa da infância grande como uma solitária e tão luminosa quanto; os velhos se cobrem com terra num jardim sem brinquedos. As irmãs, ansiosas, carregam uma lancheira com vômito e frutas, e trazem o desandador. Cada movimento será novo sobre a terra; dizem para não pisar na grama, para não quebrar os ossos dos antigos, que em paz. Os lábios de Eleutéria pararam no meio da ida, a boca ainda cheia, a frase ainda pouca. Pode-se parar tudo para recomeçar mais tarde. A janela aberta, meio bilhete, a galinha morta toda penas. Só o desandador não permite parar. Bendita a boca sem lábios de Eleutéria, suspensa à beira da voz.

XV.

O vento é circunspecto nos desertos daquela terra; cada mulher se veste de resignação, e se esconde debaixo da grande lata, enquanto levanta poeira caatinga afora. Um calango sulca o cascalho antes de ser espeto, e um índio passa mourejando Brasil abaixo. Na casa de pau-a-pique, Claudicleide põe farinha na água, inunda o açude do prato e sonha com o pau de arara da mãe. Levou a mão ao bolso e lembrou-se nos braços da mãe, irmão no bucho e cordão de prata. Voltou mais não, horizonte come quem parte. Mãe dava beijo de esmola, o resto cobrava. Outra como aquela não tem. Não sabe o que ganhou no asfalto, levou as cores com ela; chocalho e riso nos tacos. Claudicleide só pisa pedra no casco, sem belezura e sem tinta no beiço; um dia veio o pafúncio do Omaro, ramalhete, mesuras e cigarro nos lábios. Tem pai não, tem mãe não, tem para quem pedir não. Claudicleide não amou Omaro, deu foi com a lata nele, no coco. Agora nem promessa para São Geraldo faz.

XVI.

Leandra não teve leite nas tetas quando o pequeno demônio se pendurou. Helena muxoxos, partiu o espelho com o naufrágio das horas, e disse passo. Existem sapatos de bico fino, quadrados, de salto plataforma, sociais, esportivos, e são para calçar os pés. As crianças nascem depois de meses guardadas nas barrigas maternas, concebidas com amor ou porra. O sucesso da partida depende do empenho de todos ao longo dos noventa minutos e acréscimos. Os partos acontecem também. A bolsa de leite de Lônia balança batedeira boca do Jovem mordedor de bicos. É claro é evidente é lógico. A água gelada das fontes, a água viva das praias, o leite morno das mamas, ou seco. A fêmea ronda seu corpo, e você se informa. Escrever um filho numa fronte de moça; os dados na terra. O rosto da psicanalista se enche de fúria, ela se enrola com burka e lança impropérios de partir o chão. A praga prega. Lábios de mulher na praia. Lônia agita as tetas e diz ao rebento que se despeça. Leandra e a mamadeira. O silêncio de Helena.

XVII.

Na noite dos moribundos tudo o que há é saideira.
Febre, morfina e marimbondos por dentro.
Cada fresta mata passando e montanha. É preciso
ter terremotos, regular a loucura com doses de
anfetamina e vitrificar os ares e escalá-los pavilhão
acima, rabecão abaixo. O que vão fazer com o sol
de 1985, se a sears, o mappin e a tamakavi agora
abrem só portas nos paraísos antes do rapa negão
chegar. Caminha a japanha na asembléia dos
momos e move as cadeiras explícitas de chinesas
origens chinelas. Consideram que dentro do quarto
a passagem entre o morrer e o nada é mais calma
que parto de cócoras na taba da índia Espora, então
a enfermeira atrasa. As contradições finais só pedem
mais morfina na guela, mas sempre se pode esperar
o Deus no carnaval. Dentro da cabeça, vigília e
sono, massa amorfa passa ventando lírios. Voa a
boa da centopéia do andar de cima, a menina voa
quando a dor a excita. E Deus come coco na
enfermaria, entre um convencional e um híbrido,
um enjeitado e um rindo. Para a mãe, que é virginal,
assumiu o abuso coordenado; concorrência para
mariazinha, não. A onda é naufragar as santas num
canto espermal, de rezas.

XVIII.

O xis pelo zero quando houver, diz a periquita magrela no ciscar do terreiro. Teclo a costela na brasa e a brasa não se ergue do chão. Foi dizer que se separava se criassem senhas. O maior poema do mundo, eu disse, é repetitivo como você, taturana, bela cor da pele, cantos de tamanha espécie. E ninguém ouve nada da gente, as vozes que falam sempre o imprescindível, e todo mundo pergunta se é quebranto, encosto ou extrapercepção. Já me chamaram de comentador, de ideia fixa, de gênio da raça e de inspirador, mas nunca fui musa, sempre usei meia arrastão. Me depilo todinha semana sim. Não teve poeta que não me olhasse. Não sabe que até vaca tem pequenas tetinhas. E que meu leite não talha. Que o diga a gente lá de casa assim, sempre pendurada na minha. Um pouquinho de, uma pitadinha dou, inchadeira parindo, e vida de paz. Quem foi que inventou punheta, que se não cortou cacete, que a gente cortava porque com ele não dá pra fazer ciririca. Deus não vindo, perigava perfeitas sermos.

XIX.

O homem pêndulo acorda, boceja, ainda sonha, olhos baços, mas mira o meio da passagem larga; cabeça sente portal vibrá-la. Minha musa russa das montanhas geladas, meu estádio amazônico quando os refletores dilatam as pupilas e o jorro de vozes faz estragos e se junta à música sânscrita da cabeça vibrátil. Faz ligar os degraus, pé antes, pé jamais. Também os sonhos dos tontos são vertiginosos, suas mulheres têm nomes de grandes árvores em desfiladeiros. Dava passos nas areias dos desfiladeiros, dava abraços nas águas vivas, nos rochedos. Dava para lamber o chão e isso tem sua graça. Morenas graúdas brotando das ladeiras. Gritos pelos telefones que fizeram gols anulados, e mais cartões furta-cor que nem jogadores entenderam o recado. Tudo passa ao sonho diante dos olhos extáticos, tudo tem sua imagem enquanto o chão navega os passos, quando ossos engasgam gatos, quando peixes devoram pássaros.

XX.

A matilha de loiras entre o shopping e o
trapiche se respingava com a lama do mangal...
mas é que havia um caiçara debaixo da saia de
cada uma, um controle mais forte que todas que
cada uma engolia um piquiaí inteiro e gritava
seus cheiros. Cada enlameada era poema se a
maré vazava. A égua da preguiça cavalgada por
quem comia a olhos o açaí doutros tachos. Cada
loira, chapinha ancestral, descobria o que Dante,
e se acabrunhava. Pele já curtida, e a vertigem
do caiçara, cá dentro, latejava. A boca do
estômago devorava o que não via; nenhuma
palavra queria aportar no trapiche; e as louras
mudas mugiam; era de beiço e de toras sua
luminosidade. Até que chegou o caiçara, não o
arquetípico, primordial, idealizado, mas um
caiçara fedido — gosma de peixe, andar decidido,
tronco talhado — e disse que venta no vento
valia o que cheirava. Bora pescar, bora emborá.
Preguiça me dominga. Fui não. As loiras.

XXI.

Um olhar caeté se espicha da borda da mata à boca do rio e me vê até onde não estou; um mirante enterrado não mostra a ninguém o espaço entre os grãos e o que ele tem em vista. Quando a flecha passeia caudalosa, as vozes velozes revoam nas grotas e fazem se mover também os cipós. As águas que correm cidade abaixo nas fossas não mudam curso de rio. Cada gota inunda aos poucos. Braços e coxas se exibem no coreto. Um grito nas águas, o balançar dos coqueiros, um massacre distante, nada detém a escaldante placidez da cidade molhada. A siesta mata os despertos que chacoalham moedas na rua; um olhar caeté controla do alto da torre, fincada no centro das coisas, o tempo estancado por sombras. Não tem puteiro, não tem livreiro, não tem perdão. Na igreja do Bendito, emparedaram o síndico com o regulamento nas partes. A cada crime bárbaro equivale um olhar escondido na vanguarda; a cada corpo que tomba é um bicho qualquer o que se está imitando.

XXII.

Quando eu voltar, vou voltar para onde, beber café na vila suja dos padres... lá não. Tem mais rio no meu vale, não. Riacho de bosta na canoa encalhou. Tem para onde voltar mais não.
Nesta terra só correnteza abaixo e pedra.
Quando pisava camarão no mercado, sabia que depois era mosquito e fumaça, e pisava só para crepitar o cheiro. Tudo o que se cata na lama foi meu. Uma constelação de urubus, o perdido é mais alto que o borco do vasto. Uma mulher de dentes domingos acena do improvável e pensa que é um homem de lá que a tenta - fauno de panificadora. O gesto se perde no largo das coisas, coisa pouca pra quem já cavalgou amazonas, mas distrai. Emborca para ver sarará se mexendo descontente com a repetição. Não distrai. Tudo passo de alimentar o mangue.
Tudo tristes maleitas e penicilinas.

XXIII.

Sob o céu azul-calcinha, o peixe suicida mira a janela e erra. Será que minto enquanto morro, pensa escamas eriçadas, de borco, arfando pó. Janela adentro o sol que evapora mostra constelações errantes. Ninguém há de saber dos mimos, do alimento inócuo, porque peludo agora, ele vai ser também refugo da réstia. Do parapeito uns olhos receosos desatinam com as cores que se esmaecem à vista. Detém a centopeia sem patas a imobilidade cem gritos. Os peixes são todos recentes, os olhos são todos antigos. No rastro dos campos de carvalho vai indo de beiço à beira, a madalena bocuda, toda lábios chegando, sabe-o viscoso e tenso. Arfando ambos no encontro, palpitam peitos e tetas, o suicida vai se saber nas entranhas da boca.

XXIV.

Desperta no meio da noite: uma palavra no canto da cama, lânguida e cheia de vogais e esses. Ali onde seu corpo falta, ao centro do cheiro suspenso da lava, qualquer palavra lateja obscena, repousa um vocabulário de olhos e pernas. Cabem domingos, dias enfileirados e barbas grisalhas em idioma estrangeiro. A canalha das calças rasgadas deixa ver o mundo da fresta do furo, nas coxas. Os olhos gulosos, os dentes de trava, deixa saber da penugem da nuca, tudo naquela palavra que geme por cima da colcha. Ao ser tocada com a língua, fere o que prega, escolhe o que cala. Tateia em torno no quarto, uma parede lhe grita coisas que ecoam na boca. Cai pela cama em sucessivas camadas. Uma parede derrete e se derrama em palavra. Sonha mulher navegável, silêncios imensos e corpo de algas. Avista à distância ladainha de damas, congresso do apontado, o que não se pode comer, o que não se deve falar. Apertar as torneiras, respeitar as vidraças... tudo se desfaz entre ouvido e boca, agita-se a seu lado o corpo.

XXV.

Subo por suas paredes, os ratos são mais hábeis nisso. Escala o muro das lamentações com o dedo mindinho. O passado não nos reserva nada e foi hábil em nos embaralhar os corpos. Enquanto você — cabeça, tronco e membros — tentava embaraçada pentear os cabelos, aquela mão masturbava incansável debaixo do seu pequeno vestido. O trigo dos seus pães passa antes por minha garganta inefável. Um trago de cerveja, amargo à boca que procura leite. O homem branco com quem você se deitava botou formigas dos olhos, dentro havia um triste baú e almofadas. A carne da sua cintura percorrida por uma língua e um lábio. A mão que veio a dar na sua sozinha abrirá o vestido ou a blusa. Parafusos e pétalas flutuam e afagam. O pescoço avermelha-se, o nariz que brilha suado sente o cheiro de onde não estava. Coxas libertas, joelhos rangendo. A superfície da pálpebra contraía-se como que contrariada. Uma matilha de sacis amassando o barro dos cafezais pisa onde você tormenta. Perguntas rotundas desabrocham ante os lírios falsários. Os ratos que giram em torno ao eixo agitam-se estupefatos.

XXVI.

A minha pátria é meu potro encilhado e o rabo agitando. Na fronteira do rabo a minha pátria esterco no exílio. Esperando a estrangeira a galope, às vezes acha que nasceu para ser uma secretarinha destas eficientes por princípio datilografando acrósticos, pedindo pizza, batendo punheta com os cílios. Esperando a estrangeira pensa que até a secretarinha poderia fazer a pizza, e inclusive preparar o molho, ou mesmo colher e plantar os tomates. Tudo isso lá fora. Mas quis a moça, peitos grandes, intervenções precisas, jocosa e psicanalítica, melhor fizesse com as oiças, no divã, cinta liga... associa, assovia e xinga. Quando Freud diz que seio e boca formavam esta chupada orgânica, de que um dia, just for fun, se lembraria na contramão da rua da padaria, onde o leite fosse o da vaca, onde a vaca fosse com outro, onde o churrasco totêmico não o livrasse da lábia, como precisar? Quando Freud em seu delírio judeu, quis um Moisés estrangeiro, todo gago, todo mudo, todo seu, pôs numa tumba o sentido, e foi errar na Inglaterra, foi que a sensação do exílio crescia todo um sol no horizonte. Meu potro é meu pátrio poema de amor ao exílio.

XXVII.

E dentro de mim dizia o exílio: estou fora. Era que naquela semana era o dia de afivelar barriga proeminente e se fazer de faminto; dar a maior moeda ao melhor pedinte, o que falava em crack e cachaça, sem pedaço de pão. Coisas que não engordam: cocaína, cigarro, dieta. Coisas que engordam: cascatas de mulheres em calda cobertas de vulvas. E onde se esconde o corpo? No necrotério. O cartaz me dizia: o passado não nos reserva nada. Orelhas, vocês são lindas. O cartaz não para de me dizer coisas e chego a pensar se não era aquele meu tio Alcides, que não trazia chocolates nunca e depois virou pedreiro. Sobre o que falávamos mesmo, ele me pergunta, e eu desconfio que é sobre ser de outro lugar, falar de outro jeito, e ter um sotaque que não é o dos pais, mas dos vizinhos. Mas ele diz que é sobre morrer sem ter sido amigo dos vizinhos, e sem ter encontrado aqueles de casa, que acham que você morreu só porque começou a mandar cartas com palavras esquisitas de um lugar onde pessoa nenhuma das suas jamais se perdeu. E dentro de mim há silêncio e todas as coisas estão esquecidas.

XXVIII.

Então pedi ao Deus do Exílio um necrotério para as pessoas queridas, onde cada um ser amado pudesse ter uma gaveta só sua, mas disseram que não se incluía as flores. E o Deus do Exílio, em tempos de carestia, vira--se ao forasteiro e diz: ninguém antes de dormir come uma fatia tão grossa de carne se não for a de sua própria esposa; logo reconsidera e prossegue: ninguém come da própria esposa fatia generosa de carne porque já estará certamente farto; não se contém, um sorriso lhe escapa: nem eu que sou Deus poderia com mandato cruel como este, que todo deus já se basta com o próprio cu. E o padre: no divino cu de Deus tudo está contido, por isso ao humano coube a condição do exílio, pois de Deus não cabe no cu. Há em torno a isso uma mulher que não concilia o sono no meio da cama, na fronteira que há no centro dos leitos.

XXIX.

Jabaculady da cabeça orlada, uma
guirlanda e duas almofadas é o dote que
lhe ofereço para a noitada, o sangue dos
meus beiços e um copo de cachaça.
Jabaculady dos olhares fartos e dos seios
profundos, mostra-me como é lá no
fundo, onde os bebês fazem morada, juro
que é longe onde os corpos acham.
Amada meretriz e fada, com a essência do
seu sumo lavo a minha língua e a casa, e
vamos deslizar molhados. Sua mal passada
língua quero guisar, porque os miúdos,
agora é que vou devorá-los. As suas
entranhas, ó salgada amante, vou
recheando noite adentro, com farofa,
vegetais e algas, e contigo me atiro ao óleo
quente. Finco os dentes em sua pururuca
azeitada, com azeitonas e anéis de cebola.
Prove da minha soberba esguichada para
temperá-la. Não nos importe mais o
mundo das gentes, com carne nossa nós
nos fartaremos, livre dos olhos do povo,
do riso torpe dos outros. Vem, Jabaculady,
infame, ingente, aguda, que a madrugada é
curta e o apetite urgente.

Sobre o autor

Wilson Alves-Bezerra é escritor, tradutor, crítico literário e professor de literatura. Estas *Vertigens* sucedem os contos de *Histórias zoófilas e outras atrocidades*, (EDUFSCar / Oitava Rima, 2013). Os poemas da atual edição retomam experiências líricas pregressas, ensaiadas em *Tupã, o povo, o grito, o gozo e a família à mesa* (Rubi Editora, 1996) e *CarneOficina* (Anuário Brasileiro de Educação, 1998).

Wilson traduziu autores latino-americanos como Horacio Quiroga (*Contos da Selva, Cartas de um caçador, Contos de amor de loucura e de morte,* todos pela Iluminuras) e Luis Gusmán (*Pele e Osso, Os Outros, Hotel Éden,* ambos pela Iluminuras). Sua tradução de *Pele e Osso,* de Luis Gusmán, foi finalista do Prêmio Jabuti 2010, na categoria *Melhor tradução literária espanhol-português*.

Como resenhista, atualmente colabora com *O Estado de S. Paulo, O Globo, El Universal* (México) e *Los inúteis (de siempre)* (Argentina). É doutor em literatura comparada pela UERJ e mestre em literatura hispano-americana pela USP, onde também se graduou. É autor dos seguintes ensaios: *Reverberações da fronteira em Horacio Quiroga* (Humanitas/FAPESP, 2008) e *Da clínica do desejo a sua escrita* (Mercado de Letras/FAPESP, 2012). É professor de Departamento de Letras da UFSCar, onde atua na graduação e no mestrado.

CADASTRO
ILUMINURAS

Para receber informações sobre nossos lançamentos e promoções envie e-mail para:

cadastro@iluminuras.com.br

Este livro foi composto em Garamond pela Iluminuras e foi impresso nas oficinas da *Meta Gráfica*, em São Paulo, SP, sobre papel off white 80 gramas.